MW01141403

没关系
没关系

伊东宽 文／图　蒲蒲兰 译

二十一世纪出版社
21st Century Publishing House

当我还是个小宝宝，

姥 爷也还很精神的时候，

我和爷爷

天天一起出去散步。

我们只是在家附近慢慢地走，

却仿佛是在深深的大海里或者
遥远的高山上探险，非常快乐！

不管是草，还是树，

石头，还是天空，

虫子，还是小动物，

人，还是汽车，

甚至搬着卵的蚂蚁，鼻尖受了伤的野猫……

爷爷都像老朋友一样跟他们打招呼。

爷爷拉着我的手，一步一步，慢慢地走，

像变魔术似的，周围的空间越来越大，越来越大。

可是，我们碰到和发现的新事物越多，

叫人为难的、可怕的事情也越多。

邻居阿健无缘无故打我，

爱摆架子的小久美一看到我就做鬼脸。

狗张着大嘴冲我叫，

汽车"刷"地一声从我身边擦过。

后来，我知道了飞机也会从天上掉下来，

可怕的细菌到处都是。

无论多努力识字，到哪儿也都还有不会读的字。

有时候我觉得，也只能这样了，
我没法长大。

每次都是爷爷救了我。

爷爷紧紧握住我的双手，像念咒语似地嘟哝着：
"没关系，没关系。"

"没关系，没关系。"

那就意味着，我没必要勉强自己跟别人一起玩。

"没关系，没关系。"

那意味着，会撞到你的汽车和飞机，其实并不多。

"没关系，没关系。"

那意味着，总有一天大部分的伤病都会治好的。

那意味着，有时语言虽然不通，心灵仍能相通。

那意味着，这个世界没有那么坏。

"没关系，没关系。"

这句话，爷爷对我说了无数遍。

不知什么时候，我和阿健、小久美成为了好朋友。

我也没有被狗吃掉。

我好几次因为摔倒而受伤，
也生了好几次病，但每次都治好了。

我从来没被汽车撞过，
也从来没有飞机掉到我的头上。

我相信总有一天我会读懂那些很难的书。

我知道以后会遇到更多更多的人和动物，草和树。

我长大了很多，爷爷却老了不少。

所以，现在该轮到我了。

我握住爷爷的手，反复地说：

"没关系，没关系。"
没关系啊，爷爷！

本书中文简体字版由日本讲谈社

独家授权版

权合同登记号 14-2008-002

蒲蒲兰绘本馆 没关系 没关系

伊东宽 文／图　　蒲蒲兰 译

责任编辑：熊　炽

特约编辑：高　媛

出版发行：二十一世纪出版社（南昌市子安路75号）

出 版 人：张秋林

经　　销：新华书店

印　　制：北京昊天国彩印刷有限公司

版　次：2009年6月第1版　2014年4月第7次印刷

开　本：889mm×1194mm 1/32

印　张：2

书　号：ISBN 978-7-5391-4926-4-01

定　价：18.00元